INVENTAIRE
Ye 18,696

I0551633

UNE VOIX

PRÈS D'UN TOMBEAU,

OU

DOULEUR ET RÉSIGNATION,

PAR M. L'ABBÉ CLERC,

MEMBRE DE L'ACADÉMIE DE REIMS.

BESANÇON,

IMPRIMERIE D'OUTHENIN CHALANDRE FILS,
RUE DES GRANGES, 23.

1848.

DOULEUR ET RÉSIGNATION.

Ӯ₂

18696

UNE VOIX

PRÈS D'UN TOMBEAU,

OU

DOULEUR ET RÉSIGNATION,

PAR M. L'ABBÉ CLERC,

MEMBRE DE L'ACADÉMIE DE REIMS.

BIBLIOTHÈQUE NATIONALE. R.F. IMPRIMÉS.

Et si, sous les douleurs, fils désolé, je tombe,
Des Cieux plus près je suis, quand j'ai baisé ta tombe,
Dans tes bras prêt à m'élancer !...

L'Auteur, page 21.

BESANÇON,

IMPRIMERIE D'OUTHENIN CHALANDRE FILS,
RUE DES GRANGES, 23.

—

1848.

A mes excellents Frères,

MM. CLERC, NÉGOCIANTS.

A mon excellente Soeur,

MADAME CLERC, RELIGIEUSE HOSPITALIÈRE,

HUMBLE SERVANTE DU PAUVRE.

UNE VOIX PRÈS D'UN TOMBEAU,

OU

DOULEUR ET RÉSIGNATION.

———————⊸≔⊶⊜✳◎⊷≕⊶———————

I.

Mes yeux se sont fatigués dans les larmes, mes en-
trailles ont été émues, ma douleur s'est répandue
comme l'eau sur la terre. *Jérém.*, c. 11. ꙮ. 11.

Non, non, amis, laissez, laissez couler mes larmes,

Qui seules dans ces jours me présentent des charmes...

Laissez-moi tout entier épancher ma douleur...

Seul, tristement assis, près d'une urne chérie,

Dans l'enceinte des morts, désormais ma patrie...

Mon asile après mon malheur !...

Non, rien que les cyprès, les monuments funèbres,

Les hymnes du trépas, le deuil et les ténèbres,

Pour moi, dans ce moment, à tant de pleurs livré !...

Dieu ! si l'on connaissait quel trésor je regrette...

Et combien me dévore une peine secrète,

    Quel cœur ne serait pas navré ?...

Hélas ! elle n'est plus..... celle dont la tendresse

Des jours de l'âge d'or embellit ma jeunesse,

Donnant à la vertu la forme du plaisir,

L'attrait toujours nouveau de son beau caractère,

Uni d'un si doux nœud à son titre de Mère,

    Titre qui l'a tant fait bénir !...

Elle n'est plus, la Mère, à l'âme si sensible,

Dont la bonté sans voile, au charme irrésistible,

De faire des heureux voulait le seul honneur,

Dont le cœur conservait au sein de la vieillesse

Toute l'expansion d'une vive jeunesse,

    Et partout semait le bonheur !...

O vous, qui l'avez vue aux jours de son vieil âge,

Qui, de ses traits chéris, gardez la noble image,

Venez nous retracer quelle amabilité,

Malgré le poids des ans, dans toute sa personne,

Des fleurs de sa vertu rehaussait la couronne,

    Gage de sa félicité !....

Mais redites-le nous , son suprême mérite,

Ce qui marquait en elle une femme d'élite ,

Ornant ses qualités d'un doux reflet des cieux ,

N'est-ce point cette foi si constante et si pure ,

De son âme enflammée unique nourriture ,

    Vers Dieu seul guidant tous ses vœux ?...

Moi , qui souvent posai sur ses lèvres bénies

Le pain sacré , trésor des bontés infinies ,

Si j'osais dévoiler les secrets du Seigneur... ,

Quand sur son front tremblant, mais qu'enflammaient l'ex-
                                          [tase

Et les divins plaisirs dont une goutte embrase ,

    Je devinais tout son bonheur !...

Dirai-je son ardeur, sa soif pour la prière,

Ce céleste entretien, sa vie et sa lumière,

Où l'enivrant moment fuyait toujours trop court,

Tant sa ferveur, du temps lui déguisait l'espace,

Tant coulait la rosée et descendait la grâce

D'un ciel à ses cris jamais sourd?...

Puis, de sa charité comment peindre la flamme,

L'habituel foyer qui consumait son âme !

Quel malheureux en vain implora sa pitié !...

Pour ses goûts généreux le plus doux ministère,

N'était-ce pas toujours d'alléger la misère

Du pauvre, en ce monde, oublié?...

Et pour mieux épancher son abondante aumône,

Pour faire incessamment couler comme d'un trône,

Sur tant d'hommes souffrants le fleuve des bienfaits,

Qui sait de sa vieillesse et les saints artifices,

Et les privations et tous les sacrifices,

    Pour sa foi si remplis d'attraits?

Tous ceux qui la voyaient, dès son premier sourire,

Admiraient dans ses mains ce sceptre et cet empire

Que gardent la douceur et l'affabilité...

Vrai type des cœurs bons, saintement populaire,

D'une aimable auréole, à tous cherchant à plaire,

    Elle embellit la charité.

Mais, pour ses chers enfants, âme de sa pensée,

Qui pourrait exprimer sa tendresse élancée?...

Son désir de les voir dans un monde meilleur?

Ses égards délicats pour ses fils et sa fille?

Et ses yeux si parlants, fixés sur sa famille,

    Même au plus fort de la douleur?

Oh ! de la Providence attendrissante image !

D'une Mère chrétienne inestimable gage !...

D'un ciel qui nous bénit, d'un Dieu veillant sur nous,

Comme elle peint partout les soins et la puissance !...

Dieu seul peut allumer dans une humaine essence

    Un cœur et si fort et si doux !...

De cette âme de Mère, ah ! mon âme de prêtre,

S'embrasant de ses feux, a pu si bien connaître

L'activité céleste et les trésors d'amour,

Qu'habituel écho de sa foi maternelle,

Je veux, frères chéris, vous dire tout son zèle,

    Ses vœux jusqu'à son dernier jour !...

Oui, les derniers accents de cette voix si tendre

En sons divins, partout, à moi se font entendre :

« O toi, qui de ma vie as su les grands désirs,

» Intime confident de toutes mes prières...

» Voici mon testament pour toi : Sauve tes frères...

    » Obtiens-leur d'immortels plaisirs !... »

Que fais-je, hélas ! pourquoi d'une main si fidèle

Viens-je ici retracer des mères le modèle ?...

O trop cruel regret !... trop amer souvenir !...

Hélas ! un cœur si grand, tant d'amour, tant de charmes,

Tant de jours de bonheur..... insensible à nos larmes,

Le trépas vient tout nous ravir !...

Charmant Saint-Claude *, ô toi qui vis ces jours de fête,

Où de si belles fleurs on couronnait la tête

De celle qu'on eût dite une Reine en ces lieux,

Tant la vertu partout répand de saints prestiges !...

De quel voile de deuil tu couvres les vestiges

De l'objet qui combla nos vœux !...

* Banlieue de Besançon où Mme CLERC possédait une jolie propriété et passait tout l'été.

Tu viens de voir changés en séjour de tristesse

Tes jardins enchanteurs où régnait l'allégresse !...

Dans tes murs a roulé le sombre char des morts,

Transportant lentement la dépouille mortelle

D'une Mère si tendre et qu'un bon fils appelle

Le meilleur de tous les trésors !...

Tes échos ont redit à ton joyeux bocage,

Dans ces jours si voilés, le déchirant langage

De toutes nos douleurs, et nos pleurs et nos cris...

Et les bruyants sanglots de la foule nombreuse,

Suivant, en long convoi, la femme vertueuse

Dont chacun connut le haut prix.....

Hélas ! la voilà donc à nos yeux disparue !...

Dans la nuit du tombeau la voilà descendue...

La Mère qui versait tant de vie et d'amour !...

Entr'elle et nous, unis par tant de nœuds naguère,

Les ombres du trépas, l'insondable mystère,

L'abîme jusqu'au dernier jour !.....

II.

J'ai bien combattu, j'ai achevé ma course, j'ai gardé la foi, j'ai eu dans l'esprit les années éternelles et la mort m'est un gain; il ne me reste plus qu'à attendre la couronne de justice qui m'est réservée.

St. Paul.

Venez voir le plus beau spectacle que puisse présenter la terre; venez voir mourir le fidèle.

CHATEAUBRIAND, *Génie du Christianisme.*

Mais quoi! de pleurs toujours faut-il couvrir sa fosse,

Comme l'homme sans foi, dont la vie est si fausse?...

Dont sur nul horizon l'espoir ne peut s'asseoir!...

Ne l'avons-nous pas vue à son heure dernière,

Aux cieux prête à monter, dans sa calme lumière,

D'un beau jour goûtant le beau soir?...

Et ces noms bien aimés du CHRIST et de MARIE,

Redits à chaque instant par son âme attendrie,

Ces regards expressifs attachés sur la croix,

Ces sacrements reçus avec tant d'allégresse,

Ce lourd poids des douleurs, accepté sans faiblesse,

Ces soupirs pour le Roi des rois !...

Puis, ce pieux concert de vœux et de prières,

De tant d'amis brûlant de la porter aux sphères,

Où Dieu de sa splendeur couronne ses élus,

Tant de mains bénissant, pendant qu'elle succombe,

Et ces larmes du pauvre à genoux sur sa tombe,

Pleurant sa mère qui n'est plus !...

Quels parfums, de notre âme endormant les blessures !..

Du juste couronné quelles marques plus sûres !...

Et quels plus doux rayons du sourire des cieux !

De vos chagrins cuisants calmez donc la souffrance,

Parents, amis, sa mort est pleine d'espérance !

Ce fut son moment précieux !...

Oui, Mère vénérée, à cette heure dernière,

Dont vous craigniez l'approche et la sombre lumière,

Ce Dieu que vous m'avez tant appris à bénir,

Qu'attendait tendrement votre longue vieillesse,

Lui, qui fut tout pour vous, dès l'extrême jeunesse,

Sur son sein vint vous endormir...

2

Loin de venir à vous comme un juge sévère,

Il vous a prodigué les carésses d'un père,

Fit rayonner d'espoir vos suprêmes adieux, .

Du riche souvenir de vos œuvres de vie,

Son amour enivra votre âme en lui ravie

D'un sensible avant–goût des cieux !...

Vous tous, qui, comme moi, les yeux fixés sur elle,

Du trépas redoutiez une image cruelle,

Avez-vous vu jamais un plus calme tableau ?...

Une clarté plus douce embellir l'agonie ?...

D'un regard plus serein la vieillesse bénie

Sourire aux horreurs du tombeau ?...

O spectacle à jamais gravé dans ma pensée !

Bonne Mère, mon âme à ton âme enlacée

Te contemple toujours t'envolant vers le ciel !...

Des regards expirants de ta vive tendresse,

En tout temps, en tout lieu, le souvenir me presse,

     Comme un mystérieux appel...

J'entends partout, j'entends ta voix pleine de charmes...

Je sens ton tendre amour, qui vient tarir mes larmes,

Mêler à mes regrets les douceurs de l'espoir :

Tu me souris... ton œil, comme ici sans nuage,

A me livrer à Dieu tout entier m'encourage,

     Pour aller un jour te revoir !...

« Mon fils, si tu savais dans quels fleuves de joie,

» Et dans quelles splendeurs tout mon être se noie,

» Dès l'instant où mon âme a brisé sa prison !...

» Comme de mon tombeau chassant les pleurs et l'ombre,

» Tu brûlerais de voir les étoiles sans nombre,

    » Dont luit mon céleste horizon !...

» Dieu, qui dans notre amour a versé son arôme,

» Qui de la charité compose son royaume,

» Fait qu'ici, mieux qu'ailleurs, j'entends ta voix, ton
                             [cœur...

» Suis ton élan, mon fils, conserve ma mémoire,

» Comme un écho d'en haut, comme un gage de gloire...

    » Et vers moi tu viendras vainqueur... »

O Mère, tu dis vrai, j'en fais l'expérience,

Ton culte accroît en Dieu ma pleine confiance,

Ton pieux souvenir épure mon penser,

Et si, sous les douleurs, fils désolé, je tombe,

Du ciel je suis plus près, quand j'ai baisé ta tombe,

Dans tes bras prêt à m'élancer...,

Mais, j'en fais le serment, à genoux sur ta cendre,

Vers Dieu seul, comme toi, sans cesse je veux tendre,

Pour rendre mon trépas aussi beau que le tien,

Je veux de tes vertus suivre partout la trace,

Et vers toi dans la gloire, afin d'avoir ma place,

Vivre et mourir en vrai chrétien !.....

PIÈGE

que l'Auteur adressa à sa tendre Mère le jour
de sa fête, 1841.

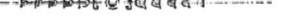

Alma di buona madre più non posa
Finchè non ha né figli suoi destata
Di virtù la favilla gloriosa.
                    SILVIO PELLICO. *Poésie inédite.*

« Je me vois encore sur les genoux de ma mère m'ap-
prenant à croire en Jésus-Christ et à balbutier le
nom de cette virginale Mère qui porte l'Enfant-Dieu
dans ses bras.»   *Le comte* DE MAISTRE.

Dieu ! quel nom aussi doux qu'un accord de la lyre,

Aussi retentissant qu'un écho des autels,

Allume dans mon âme un si brûlant délire,

Que je n'ai plus d'accents mortels ?...

J'entends, j'entends vibrer en moi des voix sublimes...

Et la reconnaissance et l'amour le plus pur

Chantent, en m'enivrant de leurs concerts intimes,

Un nom, beau comme un ciel d'azur...

Que d'autres s'inspirant du nom des grands poètes,

Lisent Homère, Horace et tant d'auteurs vantés,

Pour donner à leurs vers, leurs puissants interprètes,

La fleur des antiques beautés !...

Moi, je nomme ma Mère..., et partout, à toute heure,

Ce doux nom porte en moi le bonheur et la paix,

Il épure mon âme, et rend ma voix meilleure,

Pour chanter de Dieu les bienfaits...

C'est le baume qu'un ange étend sur ma paupière,

Quand au sommeil du juste il prépare mon cœur,

C'est la voix d'or qu'il mêle à mon humble prière,

    Pour lui donner l'accent vainqueur...

Ah ! si bonne est ma Mère, et si doux son sourire !...

Sa parole est si tendre, et son cœur est si beau !...

A toute œuvre bénie elle aime tant souscrire...

    Sa foi, c'est un si pur flambeau !...

Comme son aspect seul réjouit sa famille !

Lorsqu'en nos jours de fête elle anime nos ris,

Qu'en nos cercles joyeux par sa gaîté tout brille,

    Et qu'elle sourit à ses fils !...

Que j'aime ce sourire ! il peint si bien son àme !...

C'est un rayon de paix, d'espérance et d'amour,

C'est un regard de Dieu, qui pour sa loi m'enflamme,

Comme l'aurore d'un beau jour !...

Que ne puis–je exprimer son ardente pensée,

Quand, demandant pour nous le bonheur éternel,

Sur l'aile de l'amour sa prière élancée,

Monte devant le saint autel !...

« Qu'importe pour mes fils tout l'or de ce bas monde?

» Dieu, dis-leur tes trésors, les douceurs de ta loi...

» Préservant leur vertu de tout contact immonde,

» Fais qu'un jour ils volent vers toi !... »

Oui, oui, plus que jamais son cœur brûle et nous aime,

De la source d'amour plus près dans ses vieux ans,

Pour léguer à ses fils, la foi, son bien suprême,

    Son zèle prend tous les élans...

Mon enfance a trouvé dans sa seule tendresse

Un astre bienfaisant qui m'attirait aux cieux,

Encore maintenant son aimable vieillesse

    Est un phare devant mes yeux !...

Vous, qui de près veillez sur les jours de ma Mère,

Prévenez tous ses vœux, soutenez tous ses pas,

Car, c'est tout mon trésor dans cette vie amère,

    Sans elle je ne vivrais pas !...

Seul, son œil peut sonder jusqu'au fond de mon âme,

Seule elle m'est fidèle et ne me fuit jamais,

Rien ne vaut son baiser, il soulage, il enflamme,

De l'amour grave tous les traits...

Quand de sa bonne Mère on n'a plus le sourire,

Comme on est malheureux dans l'exil d'ici-bas !...

Plus rien autour de vous qui charme et vous inspire,

On sent comme un glas du trépas...

Mais, devant une Mère, on retrouve l'ivresse,

Et l'horizon doré de ses premiers beaux jours;

On retrempe un long âge aux feux de sa tendresse,

Et l'on se croit jeune toujours...

Qui dira tous les vœux de ma reconnaissance,

Quand de tous ses efforts à former aux vertus

Mon esprit et mon cœur, la douce souvenance

M'invite aux sentiers des élus?...

Dieu ! quel lien étroit, quelle sainte harmonie

Unit la bonne Mère à tous ses tendres fruits !...

Comme son amour veille, ainsi qu'un bon génie,

Sur eux et les jours et les nuits !...

Non, rien n'est comparable à l'amour d'une Mère ;

De la bonté de Dieu, c'est le plus vrai miroir,

L'emblème le plus pur, le plus touchant mystère...

Heureux qui sait tout son pouvoir !...

De la religion, mais ma Mère est l'ouvrage,

Son bon cœur, sa gaîté, tout lui vient de la foi;

Si dans ses traits, du ciel on retrouve l'image,

C'est qu'elle est fidèle à sa loi!...

Tout le peuple qui habite entre les portes de cette ville sait que vous êtes une femme pleine de vertu ; bénie soyez-vous du Seigneur !... *Ruth,* chap. 3.

Comme le soleil levant dans le ciel, qui est le trône de Dieu, est l'ornement de l'univers, ainsi le visage d'une femme vertueuse est l'ornement de sa maison. La femme sage et posée demeure ferme sur ses pieds, comme des colonnes d'or sur des bases d'argent... Les commandements de Dieu sont dans le cœur de la femme sainte comme un fondement éternel sur la pierre ferme. *Ecclésiastique*, chap. 26.

Vous avez agi avec un courage mâle, votre cœur s'est affermi, vous avez aimé la chasteté; c'est pour cela que la main du Seigneur vous a fortifiée, et que vous serez bénie éternellement.

Vous êtes la joie d'Israël, vous êtes l'honneur de notre peuple. *Judith*, chap. 15.

Qui trouvera une femme forte? Elle est d'un prix qui l'emporte sur toutes les pierreries.

Le cœur de son époux se confie en elle, et il voit les richesses s'accroître dans sa maison.

Elle lui apportera le bien, et non le mal, tous les jours de sa vie.

Elle travaille le lin et la laine, et le conseil préside à l'ouvrage de ses mains.

Elle est semblable au navire qui va chercher au loin les choses nécessaires à la vie.

Elle se lève dans la nuit, distribue la laine à ses servantes, et donne sa tâche à chacune d'elles.

Elle a vu un champ et elle l'a acheté, elle a planté une vigne du fruit de ses mains.

Elle a ceint ses reins de force et elle a affermi ses bras.

Elle a compris et vu que ses œuvres sont bonnes, sa lampe ne s'est pas éteinte durant la nuit.

Elle a porté la main à la quenouille, et ses doigts ont tourné le fuseau.

Elle a ouvert sa main au pauvre, elle a tendu ses deux mains vers l'indigent.

Elle ne craint pas l'hiver pour sa maison, parce que tous ses serviteurs ont deux vêtements.

Elle a ouvert sa bouche à la sagesse, et une loi de clémence est sur ses lèvres.

Elle a veillé sur les pas des siens, et n'a pas mangé le pain de l'oisiveté.

Ses fils se sont levés et l'ont appelée bienheureuse ; son époux s'est levé et l'a comblée de louanges.

La grâce est trompeuse, et la beauté vaine ; la femme qui craint le Seigneur sera *seule* dans la joie.

Donnez-lui le fruit de ses mains , et ses œuvres la loueront aux portes de la ville.

Elle est revêtue de force et de grâce, et *son dernier jour sera plein de joie.* Livre des Proverbes , chap. 31.

BIBLIOTHEQUE NATIONALE DE FRANCE

www.ingramcontent.com/pod-product-compliance
Lightning Source LLC
Chambersburg PA
CBHW060841180626
46818CB00004B/1540